L'ENFANT QUI REGARDE

DU MÊME AUTEUR

Comment faire l'amour avec un nègre sans se fatiguer, 1985
Éroshima, 1987
L'odeur du café, 1991
Le goût des jeunes filles, 1992
Cette grenade dans la main du jeune nègre est-elle une arme ou un fruit ?, 1993
Chronique de la dérive douce, 1994
Pays sans chapeau, 1996
La chair du maître, 1997
Le charme des après-midi sans fin, 1997
J'écris comme je vis – entretien avec Bernard Magnier, 2000
Le cri des oiseaux fous, 2000
Je suis fatigué, 2001
Comment conquérir l'Amérique en une nuit, 2004
Les années 80 dans ma vieille Ford, 2005
Vers le sud, 2006
Je suis fou de Vava – illustrations de Frédéric Normandin, 2006
Je suis un écrivain japonais, 2008
L'énigme du retour, 2009
La fête des morts – illustrations de Frédéric Normandin, 2009
Un art de vivre par temps de catastrophe, 2009
Tout bouge autour de moi, 2010

(suite en fin d'ouvrage)

DANY LAFERRIÈRE
de l'Académie française

L'ENFANT QUI REGARDE

BERNARD GRASSET
PARIS

ISBN 978-2-246-82905-8

À cet ami d'adolescence
que je n'ai pas revu depuis
avec qui je discutais de tout
des journées entières.

« Cette femme qui pleurait dans ma chambre
était-elle souvenir d'un roman
ou de l'un de mes jours. »

Takuboku,
Ceux que l'on oublie difficilement

Monsieur Gérard (je ne peux pas l'appeler autrement) ne sort presque jamais de chez lui. Ma mère a l'habitude de le croiser près du cimetière quand elle va à la messe de quatre heures du matin. Si jamais elle le rencontre près du Stade ou pire devant l'Hôpital Général, elle sait qu'elle sera en retard et qu'elle devra rester debout au fond de l'église durant tout le reste de l'office. Mais cela arrive rarement parce que ma mère est tout aussi ponctuelle que Monsieur Gérard.

Monsieur Gérard n'adresse la parole à personne dans le quartier, sauf à ma mère. Parce qu'une fois, ne l'ayant pas vu deux jours de suite, ma mère a pensé qu'il était peut-être malade, et elle lui a apporté un bol de soupe chaude. Elle l'a trouvé, paraît-il, couché à plat ventre sur le plancher. Presque nu. Et quand elle a déposé le bol de soupe près de sa tête, il a levé vers elle des yeux complètement hagards. Selon ma mère, cet homme était en train de traverser une très grave crise.

— J'ai l'impression qu'il cache un terrible secret, a-t-elle murmuré en guise de conclusion.

Cela fait trois ans que Monsieur Gérard est venu se nicher dans cette petite chambre au-dessus de la vieille pharmacie. On se demande encore ce qu'est venu faire un homme aussi raffiné dans ce sordide quartier, en plein cœur d'un marché populaire. On ne sait à peu près rien de lui. On a appris qu'il enseignait, jusqu'à tout récemment, dans une stricte école religieuse pour jeunes filles de familles aisées, et qu'il a été renvoyé parce qu'une de ses élèves l'a accusé de lui avoir fait des avances. « Bien sûr que c'est faux », a ajouté l'informateur. Il semble que ce soit même le contraire. Monsieur Gérard passait son temps à repousser les avances de plus en plus insistantes, pour ne pas dire agressives, de jeunes filles surexcitées par ce trop-plein qui vient avec la puberté. Malgré tout, la directrice a choisi de lui donner tort. « Au fond, tout est de ma faute, lui aurait-elle dit d'une voix placide, je n'aurais pas dû vous engager. » « Et pourquoi, madame ? » Après un long silence, elle aurait ajouté avec un sourire mystérieux : « Eh bien, cher monsieur, vous avez trop de charme pour enseigner dans une école de jeunes filles. » Et elle s'est levée pour lui indiquer que l'entretien était terminé. Est-ce vrai ? Cela s'est-il passé ainsi ? Nul ne peut l'affirmer de manière absolue. Ce qui est sûr, c'est que Monsieur Gérard dégage ce charme presque vénéneux qui fait qu'on se sent étrangement attiré par lui.

Souvent, je surprends ma mère, cachée derrière les plantes grimpantes de notre galerie, en train de l'épier.

Un jour, ma mère s'est plainte à Monsieur Gérard de mes piètres résultats à l'école. Et c'est ainsi que j'ai pris l'habitude d'aller chez lui tous les après-midi, après la collation. Monsieur Gérard est un merveilleux professeur. En moins d'un mois, j'avais non seulement rattrapé mon retard, mais j'étais devenu le meilleur élève de ma classe. Mes professeurs réguliers, surtout ceux de trigonométrie et de grec, n'en revenaient pas. J'ai continué à le fréquenter malgré le fait évident que je n'avais plus besoin de son aide. Et nous avons pris l'habitude, c'est un homme de rituels, de terminer rapidement mes devoirs de classe pour passer le reste du temps à lire de la poésie ou à écouter de la musique classique. Il était vraiment décidé à me transmettre sa culture. Il m'a appris, dans un temps relativement bref, tout un art de vivre : comment se comporter si on est invité à un grand dîner avec des fourchettes de toutes dimensions, comment s'adresser à un public hostile ou faire la cour discrètement à une femme mariée assise à sa table, et comment défier un ennemi plus fort que soi. Certains après-midi, il me lisait Rimbaud, Keats, Verlaine, Baudelaire, son favori, Villon, Vilaire (le seul poète haïtien qui a trouvé grâce à ses yeux), Whitman et aussi Quevedo. Après mon départ, il continuait sa lecture de Baudelaire, « Le Balcon », qu'il pouvait réciter dans son sommeil de cette voix terriblement lasse qui lui venait toujours aux alentours du crépuscule. La bouteille de rhum, jamais trop loin de sa main gauche, car il est gaucher. J'ai un cousin qui est gaucher, et je remarque qu'il voit le monde différemment des autres. Quand on jouait ensemble, je me plaçais de façon à lui faciliter la tâche. Je marchais derrière mon cousin, essayant d'imaginer ce qu'il voyait d'abord. Je regarde tout ce qui est à droite en premier, lui, c'est le contraire. Je me suis épuisé à essayer d'envisager les choses comme un gaucher. J'imagine que ça ne s'arrête pas à la surface, le gaucher perçoit différemment l'intérieur des êtres et des choses. Mais si Monsieur Gérard tient sa cigarette à la main gauche, il noue sa cravate avec la main droite. C'est un homme déroutant qui cherche à enchanter les moindres actes de la vie quotidienne. Il vous ouvre la porte, puis se conduit comme si c'était lui l'invité et non vous. En fait, je n'ai jamais croisé personne d'autre dans l'escalier qui mène chez lui. Je prends un grand plaisir à l'observer du coin de l'œil pendant des heures, puis je rentre chez moi pour l'imiter. À l'époque, je n'avais qu'une ambition dans la vie : devenir Monsieur Gérard.

Contrairement à la plupart des professeurs qui donnent l'impression de ne travailler que pour le salaire, ce qui est tout à fait compréhensible vu la situation économique désastreuse du pays, Monsieur Gérard me paraît, lui, avoir d'autres préoccupations que l'argent et la nourriture. D'ailleurs, il ne mange presque pas. Il faut voir, quand il écoute Wagner, ses mains osseuses et son corps tendu, comme s'il s'apprêtait à bondir sur une proie, pour comprendre que rien n'est concret, ni anecdotique, chez cet homme. J'irai jusqu'à dire que c'est le seul être abstrait de ma connaissance. S'il ne savoure (ce n'est pas le bon verbe) que Wagner, il me fait écouter pêle-mêle Mozart (il est franc-maçon comme lui), Liszt, Debussy, Satie. Dès que je le quitte, souvent je suis encore dans l'escalier, il met Wagner sur son vieux tourne-disque. Une fois, je suis revenu sur mes pas pour le trouver sur le plancher, les yeux vides, le visage cendré. Un gisant. C'est ainsi qu'il écoute Wagner, loin du monde, en tout cas de notre poussiéreuse réalité. Je l'ai aidé à s'allonger sur le divan rouge, et suis parti sans toucher à rien. Il est si méticuleux qu'il aurait tout de suite remarqué que j'avais fouillé dans ses affaires, ce qui m'aurait valu une immédiate expulsion. De plus, je me méfie de ce gaucher qui devient droitier quand il veut. J'ignore pour quelle raison il a placé tel objet à portée de sa main gauche et tel autre à portée de sa main droite. Je soupçonne qu'il y a un ordre secret dans cette chambre, et je me dis que je pourrai résoudre l'énigme de Monsieur Gérard si je parviens à décrypter cette chambre, comme on lit un roman.

*

Un jour, j'ai demandé à ma mère pourquoi Monsieur Gérard agissait de la sorte.

— Comment est-il ?

— Je ne sais pas… Il n'est pas comme tout le monde.

— Que veux-tu dire ? fait-elle d'une voix légèrement stridente.

Ma mère est une angoissée chronique. Le départ de mon père n'a pas arrangé les choses. Même si on n'est pas dans la même pièce, je peux sentir son état nerveux. Je distingue la moindre inflexion de sa voix. Ma mère, si impénétrable autrefois, quand on habitait ce quartier fleuri où elle croisait à chaque coin de rue une ancienne camarade de classe. Après le départ de mon père (disparition, exil, ou simplement une autre femme, je ne sais pas car ma mère n'a jamais été claire sur cette histoire), on a dû déménager de nuit pour qu'il n'y ait aucun témoin de notre débâcle (j'étais trop jeune pour m'en souvenir). Comme si ma mère était une espionne démasquée qui devait se refaire une nouvelle vie, dans un endroit où aucune de ses anciennes connaissances ne pourrait la retracer. Se retrouver dans une telle situation, dans sa propre ville, c'était parfois pire qu'un exil. L'exil de classe est aussi terrible que l'exil politique.

— Par exemple, répondis-je à ma mère aussi calmement que possible, Monsieur Gérard ne lit pas les mêmes choses que tout le monde.

— Quand tu dis tout le monde, de qui veux-tu parler ?

Toute conversation avec elle finit par un interrogatoire en règle, d'où l'on sort avec l'impression d'avoir commis un horrible crime, dans l'heure qui précède. D'ailleurs le corps de la victime est encore chaud sur le plancher. Et « l'inspectice-chef », ma mère, analyse minutieusement chaque objet. Mes empreintes sont partout dans la pièce et j'ai du sang sur mes vêtements. Pour me détendre, je lis beaucoup de romans policiers, en cachette bien sûr. Si ma mère ne lit que des romans de Max du Veuzit, elle connaît les noms de tous les écrivains qui méritent d'être lus par son fils. Elle m'emmène souvent à la bibliothèque avec sa fameuse liste des écrivains favoris de mon père. Elle ne s'arrêtera que quand je pourrai lire « Virgile dans le texte comme ton père le faisait chaque matin ». Elle me fait parfois plus peur que les tueurs de la « Série noire ».

— Maman, presque toutes les personnes de ma connaissance ne lisent que la poésie haïtienne. Lui, jamais, à part Vilaire. Je ne l'ai jamais surpris non plus en train d'écouter de la musique haïtienne. Il n'écoute même pas les nouvelles à la radio. Parfois j'ai l'impression qu'il n'est pas d'ici.

— Peut-être, fait ma mère songeuse.

— Pourtant, maman, il m'a dit qu'il n'a jamais voyagé.

— On peut aller partout dans sa tête, jette ma mère en soupirant profondément.

— C'est ce que tu fais quand tu passes toutes ces heures près des lauriers-roses ?

— Bon, dit-elle d'un air contrarié, je dois aller préparer le souper.

Ma mère, seule, a le droit d'évoquer mon père, souvent pour dire qu'il ne faut pas en parler. J'ajoute tout de suite que mon père n'a commis aucun crime, sauf celui, aux yeux du pouvoir, d'être contre le régime en place. Dans ce cas, il y a trois possibilités : on se fait tuer par les sbires du dictateur, on vous jette dans une prison d'où on ne sort jamais ou on s'enfuit en exil. Mon père a choisi de disparaître. Il est encore dans le pays mais personne, pas même ses plus vieux amis, ne doit le reconnaître. Comme s'il était mort. Au début, il nous faisait parvenir, par des amis sûrs, « des billets » que ma mère lisait avidement au milieu de la nuit. Puis c'est devenu trop dangereux. Le temps a passé et les amis ont disparu aussi. Ma mère et moi, nous vivions, entourés de fantômes, dans une ville où la nuit avait pris le pas sur le jour. Dès l'angélus, toutes les portes étaient fermées. Le pire c'est que je ne sais toujours pas si mon père ne vit pas tranquillement avec une autre femme dans une autre partie de la ville. Toutes ces histoires de « billets » ne seraient alors qu'un théâtre organisé par ma mère pour ménager sa fierté. Nous aussi, on a disparu de notre ancien quartier, et j'imagine ma mère ficeler une histoire différente de celle qu'elle a racontée à nos anciens voisins. Si ma mère est une redoutable « inspectice-chef » qui sait démonter mes mensonges en un temps record, la cavaleuse garde dans son sac à main un récit taillé sur mesure pour chaque personne qui cherche une explication à sa présence dans un tel quartier.

*

Quelques jours plus tard, je voulus avoir une franche discussion avec Monsieur Gérard. C'est lui qui insiste pour que je me conduise en homme.

— Monsieur Gérard…

— Hum.

— Puis-je vous poser une question ?

Son visage se ferme instantanément.

— Pourquoi êtes-vous venu habiter dans ce quartier si sordide ?

Il relève la tête et me présente, pour la première fois, un visage nu.

— J'en avais marre de voir les mêmes individus médiocres, laisse-t-il tomber après avoir éteint sa cigarette.

— Mais on ne déménage pas uniquement pour cette raison.

— Pour moi, dit-il calmement, c'est une très bonne raison.

— Vous êtes un si merveilleux professeur. Pourquoi n'enseignez-vous plus ?

— Je n'en avais plus envie, fait-il d'un ton las. Je ne voulais plus enseigner la poésie à de futurs directeurs de banque qui n'en ont rien à foutre.

— D'accord, mais alors pourquoi ne pas enseigner dans les écoles publiques à ceux qui ne sont pas riches ?

Il me fait un sourire amer.

— Ce sont de futurs tueurs à gages.

Mais je suis têtu comme une mule. Ma mère dit que c'est un trait que je tiens de mon père. C'est la source de tous ses déboires, car même s'il voit le danger, il va s'entêter.

— Donc, c'est pour ça que vous ne sortez plus.

— Je reste chez moi, dit-il d'un ton orgueilleux.

— Ne pensez-vous pas que si vous parvenez à faire aimer Baudelaire ne serait-ce qu'à un seul étudiant…

— Et alors ?

— Cela pourrait lui indiquer un autre chemin.

Il me jette ce regard à la fois lourd de tristesse et de colère.

— Je crois que la leçon est terminée, Manuel.

— À demain, Monsieur Gérard.

— Ne reviens plus, me dit-il, en regardant par la fenêtre.

Je n'ai pas protesté, ni même osé lui demander la raison de cette disgrâce. Je descends l'escalier en mesurant chacun de mes pas. Déjà les premières notes de Wagner.

*

Je passe, depuis une semaine, le plus clair de mon temps assis sur ce muret, presque à la hauteur de la fenêtre close de Monsieur Gérard. Ma mère m'a dit qu'elle ne le croise plus sur son chemin quand elle se rend à la messe. Plusieurs fois, elle a tenté de lui apporter à manger pour se retrouver devant une porte obstinément fermée. Je regarde la fenêtre close et me demande ce qu'il fait dans cette chambre obscure. Est-il en train de lire Baudelaire ou d'écouter la musique de Wagner ? Au cœur de ce marché si bruyant. C'est une vie violente que celle de ma mère obligée de couper les ponts si souvent pour changer de vie alors qu'elle n'a jamais rien dit contre le pouvoir, ou celle de Monsieur Gérard, si mystérieuse et douloureuse, ou surtout celle de mon père qui me regarde peut-être en ce moment sans que je ne puisse le voir.

*

Je suis allé voir le professeur Désir devant le Collège Classique.

— Puis-je vous parler un moment ?

— Je n'ai pas beaucoup de temps, jette-t-il sans me regarder.

— C'est au sujet du professeur Gérard.

— Quel Gérard ?

Je viens de réaliser que j'ignore encore son nom de famille.

— Le professeur de littérature.

— Ah lui ! Cela fait un moment que je ne l'ai vu.

— Je sais… Que pensez-vous de lui ?

— Un excellent professeur. Il a un style bien à lui.

— Pouvez-vous me décrire ce style, professeur ?

— C'est très particulier.

— Une sorte de charme…

— C'est tout à fait cela, lance le professeur Désir en me regardant dans les yeux, cette fois. Une sorte de charme, comme tu dis.

— Et l'homme ? je finis par risquer.

— Ah ! l'homme… Très discret… Il ne se livre pas beaucoup. Dans ce milieu, tout finit par se savoir, mais je n'ai jamais entendu quelqu'un raconter une anecdote à propos de Gérard.

— On a dit qu'il a été renvoyé d'une école religieuse parce qu'il aurait fait des avances à une élève.

Le professeur Désir part d'un rire rauque.

— Des avances ! Lui ! Mais toutes les femmes sont folles de lui. Le contraire me semblerait plus plausible.

— C'est ce qu'il m'a semblé aussi.

— Ah oui ! je me rappelle… Il paraît qu'il a été amoureux, une fois.

— Ah oui ?

— D'une femme de la bourgeoisie. Très belle et très riche. Tu vois dès qu'on parle de Gérard, on tombe tout de suite dans l'univers des contes de fées. Un homme vraiment étrange.

— Et qu'est-ce qui est arrivé à cette histoire d'amour ? je demande avidement.

Le professeur s'arrête au coin de la rue pour tenter d'attraper un taxi. Il doit se rendre au Collège Saint-Pierre pour un cours sur Voltaire et Rousseau (« La nature face à la culture »).

— Je ne me souviens plus très bien. Il circule plusieurs anecdotes contradictoires là-dessus. On m'a raconté qu'ils étaient presque fiancés et que le père de la jeune fille a fermé la porte au nez de Gérard sous prétexte qu'il n'était pas assez bien pour sa fille, mais ça c'est le genre de ragots que les gens colportent quand ils ne connaissent pas le fond de l'affaire.

— Avez-vous entendu d'autres anecdotes ?

— On a aussi dit qu'il était épris de la mère d'une de ses élèves, une femme extraordinairement belle, paraît-il, et qu'elle l'a repoussé.

— Ah oui ?

— Un instant… Dans une autre version, c'est elle qui était amoureuse de Gérard, mais celui-ci lui a fait comprendre qu'il ne pouvait pas la voir.

— Et pour quelles raisons ?

Un bref silence.

— Il paraît qu'il est impuissant. Pour ma part, je crois que c'est la version la plus crédible.

— Et pourquoi pensez-vous cela ?

— Taxi !

— Répondez-moi, professeur !

Le professeur Désir grimpe précipitamment sur le siège arrière de la voiture à côté d'une énorme femme portant un minuscule chapeau à voilette mauve lui cachant partiellement le visage.

— Parce que je ne vois pas comment on peut refuser l'amour d'une belle femme riche, me lance-t-il par la portière du taxi qui démarre en trombe.

Je me souviens que Monsieur Gérard m'a dit, une fois, qu'il a dû quitter son milieu à cause de la médiocrité ambiante. Comment un homme aussi raffiné que le professeur Désir peut-il être aussi grossier ? Ignore-t-il que l'être humain n'est pas qu'un sexe ambulant qui doit satisfaire ses besoins à tout prix ? Je commence à comprendre ce que Monsieur Gérard entendait par « médiocrité ambiante », et surtout à croire qu'un tel climat, s'il est généralisé, peut facilement conduire un homme délicat à se retirer de la vie publique pour venir s'enfermer dans cette chambre en plein cœur d'un marché.

*

On m'a fait savoir que le docteur Hyppolite fut l'ami d'enfance de Monsieur Gérard. Je l'ai trouvé confortablement assis sur sa galerie, à la ruelle Audain.

— Vous le connaissez depuis longtemps, docteur Hyppolite ?

Il sourit.

— Il avait tout juste dix ans quand je l'ai connu, fait-il de sa diction à la fois précise et mélodieuse. Mais Gérard n'a pas connu, lui, cette période communément appelée l'enfance.

— Que voulez-vous dire ?

— Eh bien, il a toujours été comme ça.

Il darde sur moi ce regard mi-moqueur mi-sérieux.

— Comme quoi, docteur ? Excusez-moi, je ne comprends pas.

Un petit rire de gorge.

— Intelligent, très intelligent même, mais un peu timbré.

Un moment de silence.

— Qu'avez-vous remarqué de bizarre chez lui, docteur ?

Le temps qu'il remonte sa cravate, et salue d'une main molle un vieil ami qui passe devant la grande maison en bois où vit sa famille, m'a-t-il appris, depuis la fin du dix-neuvième siècle.

— Disons qu'il a l'air d'attendre quelque chose de plus de la vie. Comme s'il avait un idéal, tu comprends ?

— Il me semble, docteur, que c'est une attitude tout à fait normale chez un être humain.

De nouveau le petit rire de gorge.

— Peut-être mais c'est dangereux en Haïti.

— Je ne vois pas en quoi cela pourrait être dangereux… À cause de la dictature ?

— Ah non ! pas ça… C'est que, ici, cher ami, les gens ont tendance à se moquer de ceux qui sont différents. Et Gérard est trop brillant pour ce pays. Je vais te dire, mon jeune ami, ce n'est pas la dictature, le plus terrible. Le plus terrible c'est la société haïtienne... Le panier de crabes.

— Et vous ?

Il me jette ce regard ahuri du bourgeois discret qui se retrouve, au milieu de la scène, sous les projecteurs.

— Moi ! Moi, j'ai étudié la médecine pour avoir la paix.

— Comment ça quand le président lui-même est médecin ?

Il fait un sourire mielleux pour saluer une femme qui semble être une de ses patientes puisqu'elle retire, avec une certaine fierté, une petite fiole de sa valise pour la lui montrer. Il acquiesce sans quitter son sourire mielleux.

— Mes parents voulaient que je fasse médecine parce que la société respecte les médecins. Ce mois-ci ça fait exactement trente ans que je suis médecin. Comme tu vois, je suis tranquillement assis sur ma galerie, et c'est ce qu'on attend de moi.

Tu devrais lire le poème de Brierre, « Les horizons sans ciel », c'est assez bien vu.

— Comment était-il à l'école ?

— Qui ? Ah, Gérard. Propre, poli, discipliné, et toujours premier. L'enfant rêvé. Tout le monde le respectait. On avait l'impression qu'un esprit supérieur habitait un corps d'enfant... Déjà on pouvait sentir qu'il y avait quelque chose qui n'allait pas.

— Il prenait les choses trop au sérieux ?

— Exactement. Il prenait les choses au sérieux... Mais quel esprit supérieur !

— Et aujourd'hui, docteur, cet homme vit enfermé dans une chambre étroite, au cœur du marché Salomon.

— Et qu'est-ce qu'il fait dans cette chambre ?

— Il lit Baudelaire tout en écoutant Wagner.

— Baudelaire... Wagner... Seigneur ! siffle le docteur Hyppolite avec admiration. Quel luxe ! Encore une fois, il a raison.

Encore sous le choc, le docteur Hyppolite n'a pas remarqué cette femme qui tente d'attirer son attention depuis un moment. Il lui envoie finalement un salut de la main, à quoi elle répond par un sourire radieux.

— Dans un sens, continue-t-il, c'est comme s'il nous avait tous giflés.

Le visage du docteur Hyppolite s'éclaire.

— Je me souviens, c'était il y a une quinzaine d'années… Ah oui, cette histoire me revient. C'est une histoire très étrange, un peu sordide même. J'étais assis avec Gérard dans un bar. À l'époque, il n'était question que de lui dans cette ville. Il était le plus jeune et le plus brillant esprit de Port-au-Prince. Je l'avais rencontré par hasard sur la rue Capois. Je ne me souviens plus du nom de ce bar qui était situé près du cinéma Palace. Eh bien ! on était là à prendre un verre quand un homme élégamment habillé est arrivé devant nous, et, sans crier gare, a flanqué une gifle à Gérard.

— Une gifle !

— Oui, il l'a giflé, et, je crois, il a dit quelque chose comme « Laissez ma femme en paix ». Ou « N'emmerdez plus ma femme ». Dans tous les cas, il s'agissait de sa femme et il voulait que Gérard l'ignore.

— Est-ce qu'il a réagi ?

— Et ce qui m'a étonné, c'est que Gérard n'a rien fait, alors qu'il est un maître en arts martiaux. Il aurait pu facilement maîtriser cet homme… Non, il est resté silencieux et, après un moment, il est parti en ayant réglé sa consommation. C'est une autre de ses manies, il ne laisse personne lui offrir quoi que ce soit.

— Finalement, que pensez-vous de lui, docteur ?

— Je crois que c'est un homme qui souffre, je le dis en tant que médecin et ami d'enfance.

*

Ma mère sert le souper. Nous sommes deux à manger cette bouillie de banane au lait.

— Maman, tu sais que Monsieur Gérard…

— Manuel, je ne veux plus entendre un mot à propos de cet homme dans cette maison… Tu en fais une obsession.

Ma mère ne semble pas dans son assiette, ce soir. Mon père vit avec une autre femme (je suis tombé sur une lettre, sous une pile de serviettes, dans l'armoire). Faut dire qu'ils n'ont jamais vécu ensemble. Pour être sincère, je ne le connais même pas. Elle souffre. Je la regarde. Elle s'active près de la petite cuisinière. L'air soucieux. Sa main droite effleure son front comme pour calmer une vieille douleur (« Sois sage, ô ma douleur »).

— Qu'est-ce que tu voulais dire tout à l'heure ?

Une trêve.

— J'ai rencontré quelqu'un qui m'a dit que Monsieur Gérard a été amoureux fou d'une femme mariée.

— Et alors ? rugit-elle.

Je continue tout de même mon histoire, sachant bien qu'elle est intéressée à l'entendre malgré son ton agressif.

— Mais le mari jaloux est venu gifler Monsieur Gérard dans un bar près du cinéma Palace.

— Il n'y a pas de bar près du Palace.

Un temps. Elle a raison : il n'y a pas de bar près du cinéma Palace.

— C'est le docteur Hyppolite qui me l'a dit… Il n'avait pas l'air de se rappeler très bien l'endroit, mais par contre il était drôlement sûr de l'histoire.

Elle ne répond pas.

— Qu'est-ce que t'en dis, maman ?

— Le docteur Hyppolite est un menteur.

— Mais tu ne le connais même pas !

— Je n'ai pas besoin de le connaître pour savoir qu'il ment… Qu'est-ce que tu cherches ? Que veux-tu savoir ? Vous ne pouvez pas le laisser tranquille, bande de charognards ?

Je regarde ma mère, bouche bée.

— Tiens !

Elle flanque l'assiette de bouillie de banane devant moi. Ses yeux brillent. On dirait quelqu'un au bord d'une crise. D'une explosion. Je n'ai jamais vu ma mère dans cet état. Finalement, elle prend le verre d'eau qui était sur la table et va se laver le visage au-dessus d'un vase de fleurs.

— Excuse-moi, dit-elle, je ne sais pas ce qui m'a pris.

*

Après le souper, nous sommes sortis sur la galerie guetter les étoiles filantes. La crise était passée. Brusquement, j'ai l'impression d'entendre la voix basse de Monsieur Gérard lisant son poème favori, « Le Balcon » de Baudelaire.

Mère des souvenirs, maîtresse des maîtresses,
Ô toi, tous mes plaisirs ! Ô toi, tous mes devoirs !
Tu te rappelleras la beauté des caresses,
La douceur du foyer et le charme des soirs,
Mère des souvenirs, maîtresse des maîtresses !

C'était donc cela ! C'est pour cela qu'il a refusé les avances de cette « belle femme riche », comme a dit si grossièrement le professeur Désir. Monsieur Gérard n'est amoureux que d'une femme : sa mère. Cette mère qu'il n'a peut-être pas connue. Le docteur Hyppolite, son ami d'enfance, a étrangement omis de me parler de la mère. Était-elle déjà morte quand le docteur Hyppolite s'est lié d'amitié avec lui ? Je suis sûr que, étant une très jeune femme célibataire, sa mère a dû se faire passer pour sa sœur aînée ou sa jeune tante afin de ne pas alimenter les commérages dans son nouveau quartier. Ce sont des histoires tellement courantes dans cette ville. Monsieur Gérard a appris très tard, sûrement après la mort de celle-ci, que cette jeune camarade de jeux était sa mère ? Quel choc cela a dû être pour un garçon de dix ans ! Cette étrange impression de n'avoir jamais eu de mère, puisqu'il ne peut se souvenir que d'une jeune femme rieuse. Peut-être même que le tempérament espiègle de la jeune femme lui donnait l'impression, à lui si grave dès l'âge de dix ans, selon le docteur Hyppolite, qu'il était responsable d'elle. Son protecteur, pour ainsi dire. Dans cette maison où ils n'étaient que deux personnes, mais avec tant de titres : la mère et le fils, la sœur aînée et le jeune frère, la jeune tante et le petit neveu.

J'invente tout cela parce que, souvent, dans la rue, on nous demande, ma mère et moi, si nous sommes frère et sœur. C'est que ma mère m'a eu à seize ans. Mon père était son premier amoureux.

Les soirs illuminés par l'ardeur du charbon
Et les soirs au balcon, voilés de vapeurs roses.

Je ne sais plus quoi penser. Ma tête est une vraie fourmilière. Quand je traverse la foule du marché pour aller chez Monsieur Gérard, je me demande toujours si chacune des vies que je croise est aussi complexe que celles de ma mère, de mon père et de Monsieur Gérard. Je ne sais rien de mon père, je sais trop de choses de ma mère, et la vie de Monsieur Gérard est un petit théâtre de poche avec un seul spectateur. Une fois, un homme m'a abordé, en face du cinéma Palace, pour m'entretenir de mon père. Il l'a bien connu, m'a-t-il dit, et il arrive encore qu'il le croise. Il se déguise et ne sort que la nuit, mais je peux le reconnaître les yeux fermés, ajoute-t-il. D'abord par le timbre unique de sa voix. Ton père c'est d'abord une voix. C'est vrai aussi qu'il a des tics, une façon de rejeter ses épaules en arrière quand il part à rire. Et puis je n'ai jamais vu un homme avec des ongles aussi bien manucurés. Je savais déjà tout ça par ma mère. Puis, il m'a regardé droit dans les yeux pour me dire qu'il pourrait me conduire à lui si je le voulais. J'ai raconté cette histoire à ma mère qui a explosé : « N'écoute pas ces gens, ce sont des mythomanes, c'est un peuple de mythomanes. » Je ne suis pas allé au rendez-vous, mais j'ai gardé le mot « mythomane ».

*

Comment un mot peut-il définir si bien un pays ? En fait, peut-on ne pas être mythomane si on est humain ? Quant à moi, je nage dans une mer de mythes. Je garde un mythe caché si profondément que je ne le partage pas avec ma mère. Les gens adorent détruire les mythes des autres. Ils croient qu'un nouveau mythe ne peut faire surface que si un ancien meurt. Au début, j'ai trouvé ça si plaisant que j'ai voulu en parler à ma mère. J'imaginais son rire éclatant, ou un vilain ricanement, de ceux qui dévitalisent les mythes. Alors ? Je me suis toujours dit que ce Monsieur Gérard est en fait mon père, ce père que j'ai si peu connu que je ne saurais le reconnaître s'il se présentait sous un déguisement. Je ne saurais le repérer par aucun tic, aucun trait de caractère, rien, un véritable inconnu. Un seul : ma mère m'avait dit un jour que mon père était gaucher, mais des gauchers il y en a beaucoup. Je me suis toujours demandé pourquoi ma mère qui ne regarde jamais un homme s'est occupée ainsi de Monsieur Gérard. Et aussi pourquoi surtout elle s'était fâchée autant contre moi, me traitant comme si je faisais partie de la bande qui le dénigrait en l'accusant d'amateur de « belle femme riche » alors que je ne faisais que rapporter des propos ? Pourquoi aussi Monsieur Gérard a voulu m'enseigner, pas seulement le grec et la trigonométrie, mais toutes les autres choses, apparemment insignifiantes, que seul un père voudrait apprendre à son fils ? Au point que j'ai eu l'impression qu'il cherchait à continuer à vivre par moi. Quant à tous ses amis et collègues, ils ne connaissent que la surface des choses. Ma mère sait quelque chose qu'elle ne veut pas dire, et je sens bourgeonner un secret au plus profond de moi. Si on ne peut croire en personne dans cette vie, alors tout est vrai.

*

Quinze jours plus tard. Un samedi midi. Je suis assis sur le muret, face à la fenêtre toujours close de Monsieur Gérard. Une voiture luxueuse se faufile à travers les immenses paniers de légumes et le brouhaha de la foule en sueur. Une belle femme riche en descend. Elle porte un tailleur blanc et des chaussures à talons aiguilles. D'un pas rapide mais élégant, elle se dirige vers la pharmacie en traversant avec une belle indifférence ce nuage de poussière de charbon. Je la vois grimper l'escalier étroit qui mène à la chambre de Monsieur Gérard.

Le chauffeur reste un moment dans la voiture à chercher frénétiquement un morceau musical qui lui plaît. Finalement satisfait, il sort de la voiture en laissant la portière ouverte. La musique de Bossa Combo, le groupe en vogue, attire quelques marchandes parmi les plus jeunes. Il va s'asseoir sur le capot avec une certaine nonchalance. La chaleur intolérable joue un rôle dans cette indolence collective. Un jeune garçon se promène dans le marché avec, sur la tête, un seau de glace hérissé de bouteilles de cola. Le chauffeur lui achète une bouteille qu'il boit d'une traite. Les jeunes marchandes, ravies de l'exploit, applaudissent. Ah ! ces jeunes marchandes, pour la plupart des paysannes de la vallée de Jacmel, au corps luisant de sueur et au rire imprévisible. Il leur offre à boire, après avoir fait l'acquisition de toutes les bouteilles du jeune vendeur, et elles acceptent avec des fous rires. Pris d'une soudaine impulsion, il plonge à l'intérieur de la voiture pour mettre la musique au dernier volume. C'est la fête en plein marché du samedi. Même les hommes qui regardaient la scène avec méfiance commencent tranquillement à s'approcher de la voiture. Je reste sur le muret. Je suis comme ça. On ne me changera pas. Je préfère regarder plutôt que de participer. Ma mère déteste ce côté contemplatif chez moi. Elle aurait aimé que je sois plutôt un homme d'action. Quand je veux vraiment quelque chose, je suis capable de remuer ciel et terre pour l'avoir. Le problème, c'est que très peu de choses, à mon avis, valent la peine. Alors je me contente de regarder. Je remarque qu'on apprend beaucoup à regarder. Assis sur un muret, on voit des choses que les gens tentent de dissimuler à tout prix. On assiste à la floraison du désir. Je vois ce marché comme un jardin où tout fleurit en même temps. Cette jeune marchande qui regarde le chauffeur avec des yeux énamourés, mais surtout ce jeune homme qui observe la scène avec des yeux si tristes. Un enfant qui regarde mûrit plus vite que celui qui n'arrête pas de courir. L'enfant qui regarde est toujours le plus mélancolique. Je pense tout le temps. Je n'arrête jamais, et cela énerve ma mère. Autrefois, quand on allait visiter des parents à Mahotière, ma mère me poussait toujours dans le dos pour que j'aille jouer avec mes cousins. « Ne reste pas dans mes jupes », lançait-elle afin de fouetter mon orgueil, mais je ne bougeais pas d'un pouce. Alors elle faisait ce grand geste d'impuissance pour expliquer aux membres de la famille que ce n'était pas de sa faute si j'étais si renfermé. Ce qu'elle ignore, c'est que je ne suis pas du tout renfermé, mais simplement solitaire. J'aime réfléchir, et ce n'est pas ma faute si les autres préfèrent jouer. Mon esprit vagabonde en ce moment, mais je reste tout de même intrigué par cette dame enfermée là-haut avec Monsieur Gérard. J'ai l'intuition que ce n'est pas la femme de la fameuse gifle. Cette femme pour qui Monsieur Gérard a reçu une gifle en présence d'un docteur Hyppolite encore aujourd'hui étonné par sa réaction passive. C'est sûrement celle, ou peut-être c'est la même femme, que le professeur Désir a qualifiée si vulgairement de « belle femme riche ». Comme si elle portait, autour du cou, un collier, et qu'à ce collier était attaché un prix. Un prix fort, bien sûr. C'est donc une femme d'un intérêt capital pour un rêveur de mon espèce. Cela ne fait pas si longtemps qu'elle est là-haut, et je n'arrive plus à me rappeler son visage, ni même la couleur de la robe qu'elle porte aujourd'hui (bleu, gris ou blanc). Ce n'est pas qu'elle soit terne ou ordinaire, loin de là, elle est tout simplement inscrite à jamais dans ma tête comme étant une « belle femme riche ». Je suis donc tombé dans le piège de la formule du professeur Désir. En ne pensant à elle que comme à une « belle femme riche », je viens de l'épingler comme un simple papillon. Voilà ma mère qui m'appelle. J'avais complètement oublié que je devais aller à Martissant. Je dois porter un paquet (quelques chemises et deux pantalons) à une amie de ma mère dont le fils n'a plus rien à se mettre pour se rendre à l'école. On trouve toujours quelqu'un de plus pauvre que soi dans ce pays. Je descends lentement et péniblement du muret.

Je suis resté trop longtemps assis. À présent le chauffeur danse avec la plus gaie des jeunes marchandes. Je suppose que la fête est bien différente là-haut, dans la petite chambre à la fenêtre close. Monsieur Gérard ne peut comprendre des plaisirs aussi naturels. Les pas de danse rapides du chauffeur, malgré son embonpoint, et de la svelte marchande sont ponctués par de vifs applaudissements venant de la foule heureuse d'une telle aubaine. Une fête gratuite sous ce soleil brûlant. Le jeune garçon est revenu avec de nouvelles bouteilles de cola qui sont aussitôt redistribuées aux jeunes marchandes parmi les plus actives. Cette foule trouve instinctivement le chemin du bonheur physique grâce à ce parfum fort des corps en sueur des jeunes marchandes de légumes. Pour Monsieur Gérard tout doit passer par le cerveau. Est-ce mon cas ? M'a-t-il inoculé le poison de l'intellectuel qui fait qu'on écoute la musique au lieu de la danser ou qu'on regarde au lieu de prendre part à la fête ?

*

De retour, le soir. La voiture, une Mercedes noire, ressemble à un vieil animal fatigué. Le chauffeur, assis au volant, regarde droit devant lui sans ciller, comme un homme qui pense à des mondes aujourd'hui engloutis. Peut-être le village qu'il a dû quitter il y a quelques années. Le marché est presque vide. Les jeunes marchandes de légumes, si gaies tantôt, se préparent à coucher à la belle étoile. La vie reprendra très tôt demain matin. Quelques chuchotements ont remplacé les grands éclats de rire. Les lampions sont déjà allumés. De temps en temps, un rire fulgurant déchire l'obscurité.

Je vais directement vers le chauffeur.

— La dame est-elle encore là-haut ?

Il se réveille en se frottant les yeux.

— Que veux-tu ?

L'arrogance des chauffeurs de riches.

— La dame est-elle encore là-haut ? dis-je en répétant ma question.

Il me regarde longuement de ses yeux globuleux sans sembler comprendre ce que je viens de lui demander.

Finalement :

— De quoi te mêles-tu, espèce d'effronté ?

— N'empêche qu'elle est là-haut avec mon père depuis quelques heures.

— C'est ton père ? me lance-t-il avec un reste de méfiance.

— Vous ne voyez pas qu'on se ressemble ?

Silence.

— Je ne l'ai jamais vu.

Ce qui veut dire que ce n'est pas la première fois qu'elle vient ici. Ou le contraire. Enfin, je ne sais pas.

— Je vais voir ce qui se passe là-haut, dis-je en courant vers l'escalier.

Je grimpe les marches à toute vitesse quand, brusquement, au milieu de l'escalier, mon cœur se met à battre à tout rompre. Je suis obligé de m'asseoir pour reprendre mon souffle. Finalement, je me relève. J'arrive là-haut, devant la porte fermée. Je reste un moment pensif. Ma tête tourne légèrement. Une étrange ivresse. Je tends l'oreille. La musique de Wagner. Une bouffée de joie m'envahit. Aucun bruit de conversation. Je sais que Monsieur Gérard peut rester des heures sans parler.

Je tourne machinalement la poignée. Et la porte s'ouvre. J'entre avec précaution. Je vois d'abord le corps parfumé de la femme encore habillée. Et lui, à côté, en costume de soirée. Comme s'il y avait un bal. Je m'approche du couple et découvre qu'ils se sont ouvert les veines. Toujours la musique de Wagner. C'est à cette étrange cérémonie qu'elle courait cet après-midi. Le bal funèbre, là-haut. Je me lance dehors pour trébucher sur un tas d'immondices, près de la pharmacie. Le chauffeur descend promptement de la voiture.

— Qu'est-ce qu'il y a ?

— Ils sont morts.

Je ne me retourne pas pour voir son visage.

— Qu'est-ce que tu racontes ?

— Je les ai trouvés sur le plancher.

— Et qu'est-il arrivé ? demande-t-il hors d'haleine.

— Suicide… Ils se sont ouvert les veines.

Le chauffeur reste un moment interloqué. Comme hébété. Ne sachant trop quoi faire.

— Ne parle de ça à personne, me dit-il d'une voix altérée par l'émotion… Je vais chercher le patron.

Et la voiture démarre en trombe, renversant sur son chemin un panier de légumes.

Quelques choux roulent par terre telles des têtes guillotinées. L'instant d'après, une folle envie de retourner sur les lieux me submerge. L'image du couple dans la mort. L'élégant Monsieur Gérard en tenue de soirée à côté de cette belle femme riche. Je me souviens tout à coup de l'anecdote du docteur Hyppolite. Ce mari jaloux qui a osé gifler un homme si monstrueusement orgueilleux. Pour Monsieur Gérard, une gifle en retour ne saurait rendre justice à une gifle donnée. Et la revanche est venue quinze ans plus tard. Il aura fallu quinze ans pour mettre au point cette scène. Cette nuit, le mari jaloux viendra chercher sa femme morte dans cette obscure chambre au cœur d'un marché boueux. Il a plu en fin d'après-midi.

DU MÊME AUTEUR *(suite)*

Conversations avec Dany Laferrière – interviews de Ghila Sroka, 2010
L'art presque perdu de ne rien faire, 2011
Journal d'un écrivain en pyjama, 2013
Le baiser mauve de Vava – illustrations de Frédéric Normandin, 2013
L'odeur du café – illustrations de Francesc Rovira, 2014
Tout ce qu'on ne te dira pas, Mongo, 2015
Dany Laferrière à l'Académie française : discours de réception, 2015
Mythologies américaines, 2016
Autoportrait de Paris avec chat, 2018
Vers d'autres rives, 2019
L'exil vaut le voyage, 2020
Petit traité sur le racisme, 2021
Sur la route avec Bashō, 2021

Cet ouvrage a été achevé d'imprimer par
Normandie Roto Impression s.a.s à Lonrai (61250)
pour le compte des éditions Grasset
en février 2022.

Mise en pages
PCA 44400 Rezé

PAPIER À BASE DE
FIBRES CERTIFIÉES

Grasset s'engage pour
l'environnement en réduisant
l'empreinte carbone de ses livres.
Celle de cet exemplaire est de :
250 g éq. CO_2
Rendez-vous sur
www.grasset-durable.fr

N° d'édition : 22349 – N° d'impression : 2200107
Dépôt légal : mars 2022
Imprimé en France